안녕, 겨울아

그림 이지연

대학에서 동양화를 전공하고 대학원에서 일러스트레이션을 공부했습니다.
2013년과 2015년 볼로냐 아동도서전 올해의 일러스트레이터에 선정되었습니다.
〈우리 집에 갈래?〉를 쓰고 그렸고, 〈밤 한 톨이 땍때굴〉, 〈하늘은 맑건만〉 등에 그림을 그렸습니다.

안녕, 겨울아

글 고상한 그림책 연구소 | **그림** 이지연

상상의집

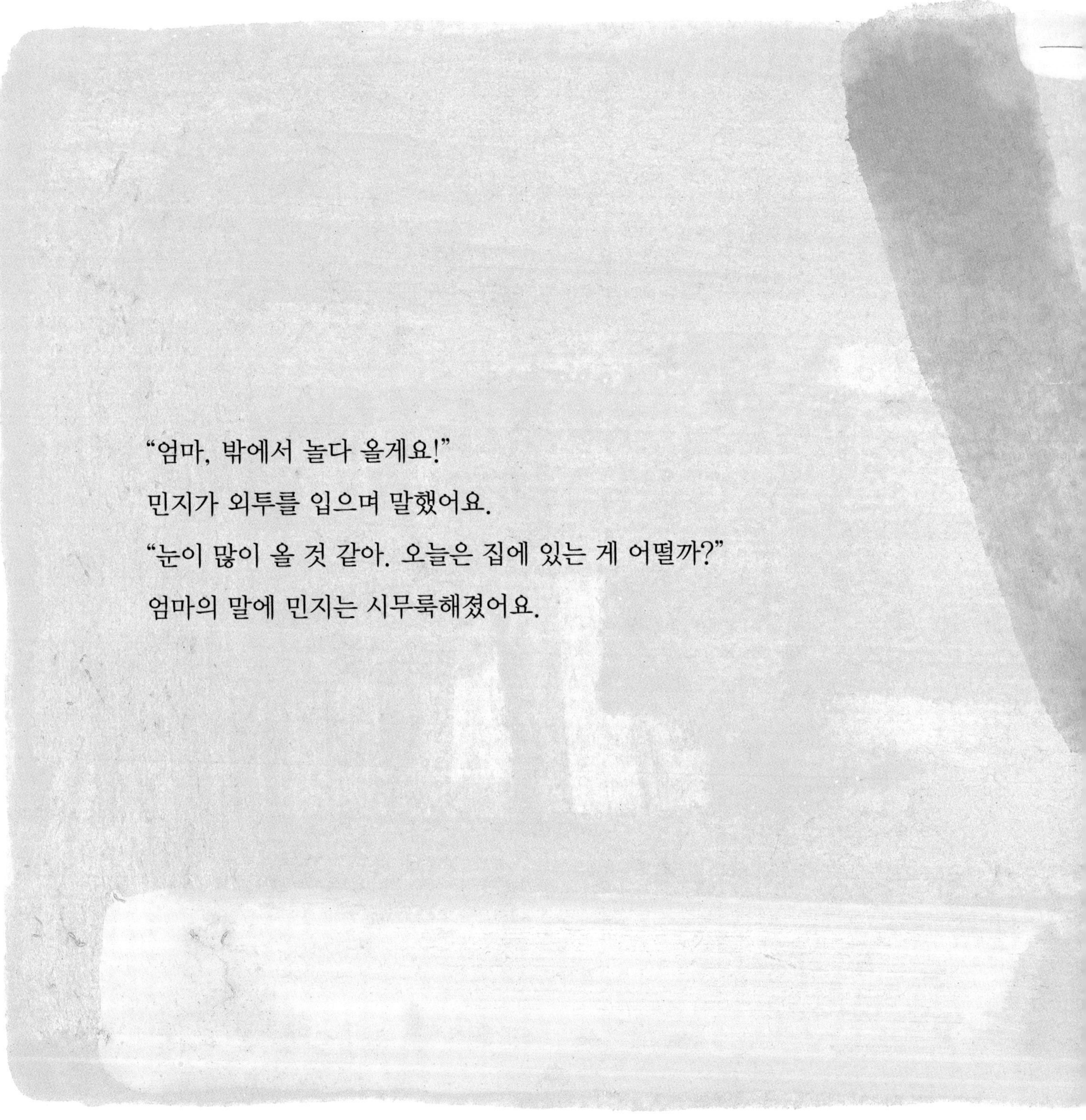

"엄마, 밖에서 놀다 올게요!"

민지가 외투를 입으며 말했어요.

"눈이 많이 올 것 같아. 오늘은 집에 있는 게 어떨까?"

엄마의 말에 민지는 시무룩해졌어요.

"엄마가 재미있는 이야기 하나 해 줄까?
엄마가 어렸을 때 오늘처럼 눈이 오던 날에……."

엄마는 갑자기 전학을 가게 되었어.

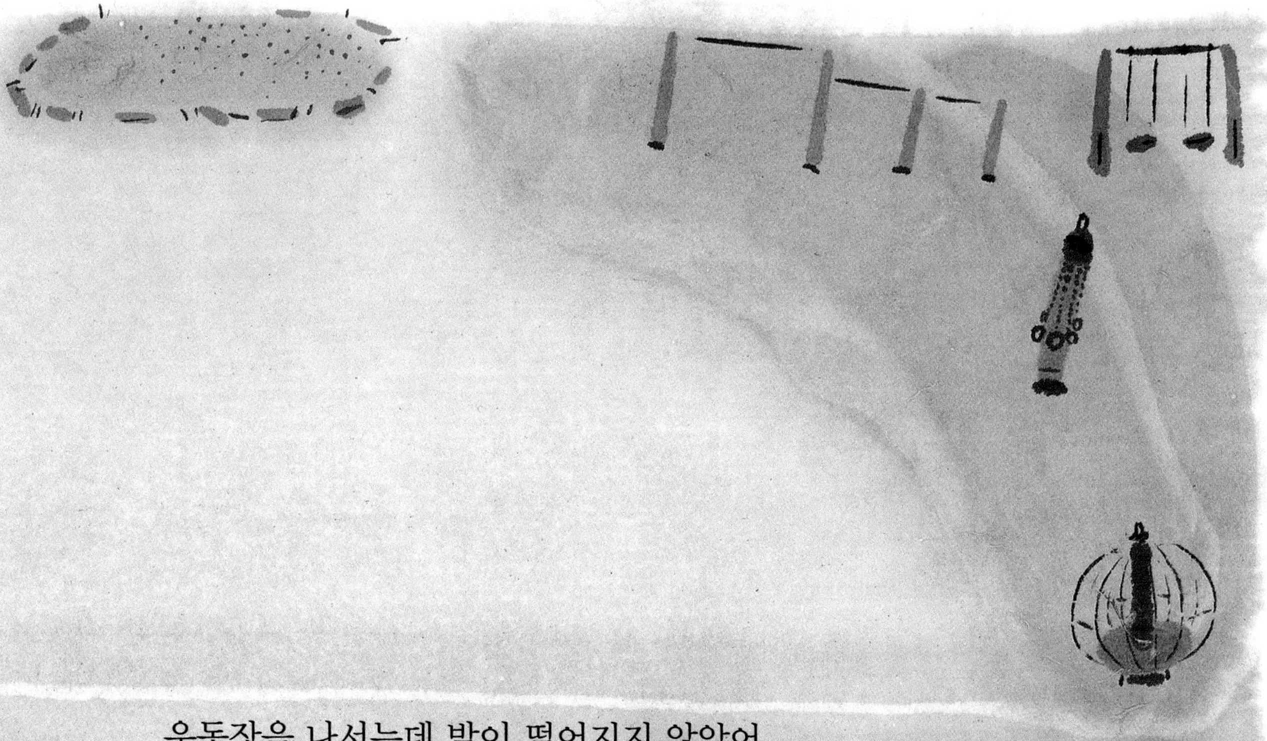

운동장을 나서는데 발이 떨어지지 않았어.
뒤돌아보면, 친구들은 보이지 않고 하얀 눈만 가득해
눈물이 날 것 같았지.

새 학교도 나쁘지 않았지만
혼자 집에 가다 보면
불쑥 옛 친구들이 생각나곤 했어.

어느 날, 좋은 생각이 떠올랐어.

마침 그날은 개교기념일이었거든.

엄마는 옛 동네로 가는 버스를 기다렸어.

버스가 더뎌질수록
마음이 급해졌지.

BUS

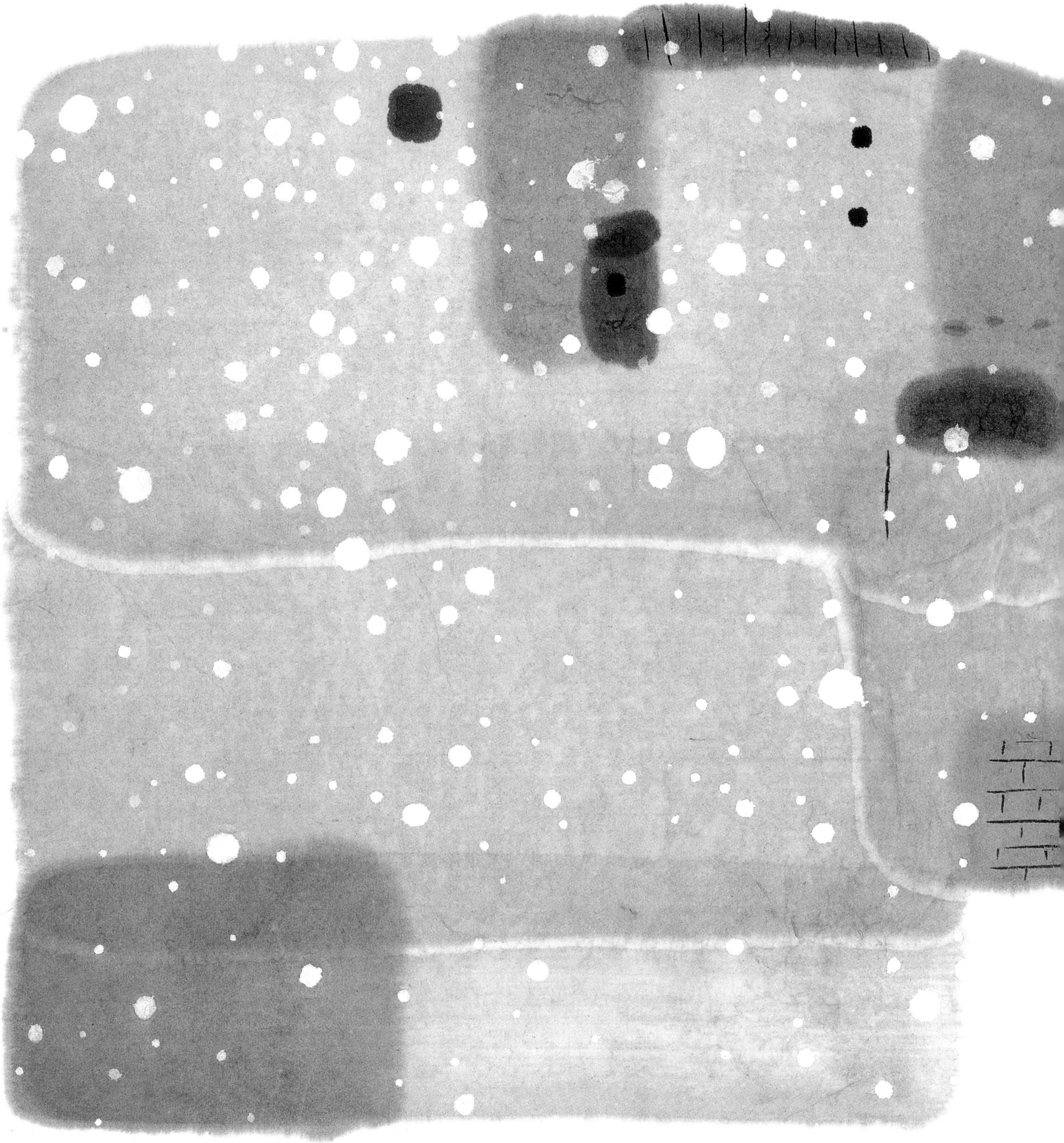

"여기쯤이었는데……."

엄마는 그만 길을 잃었단다.

"따르르릉."

그때 전화벨이 울렸어요. 수빈이었어요.

"응. 나도 전화하려던 참이었어."

수빈이도 내리는 눈을 보고 있었나 봐요.

"엄마, 그래서 어떻게 됐어요?"

물어물어 겨우 길을 찾았지.

익숙한 골목!

예전에 다니던 학교였어.

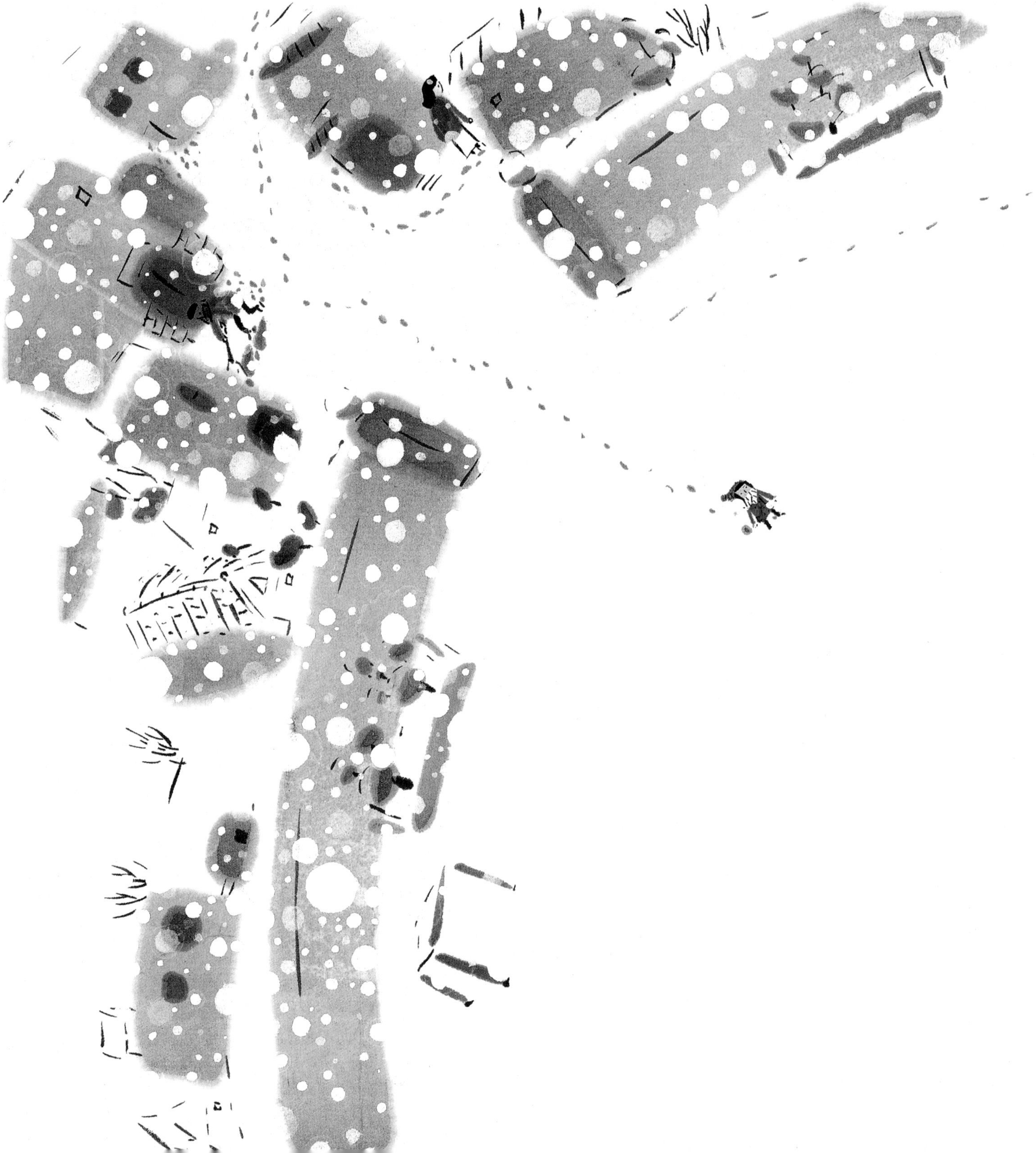

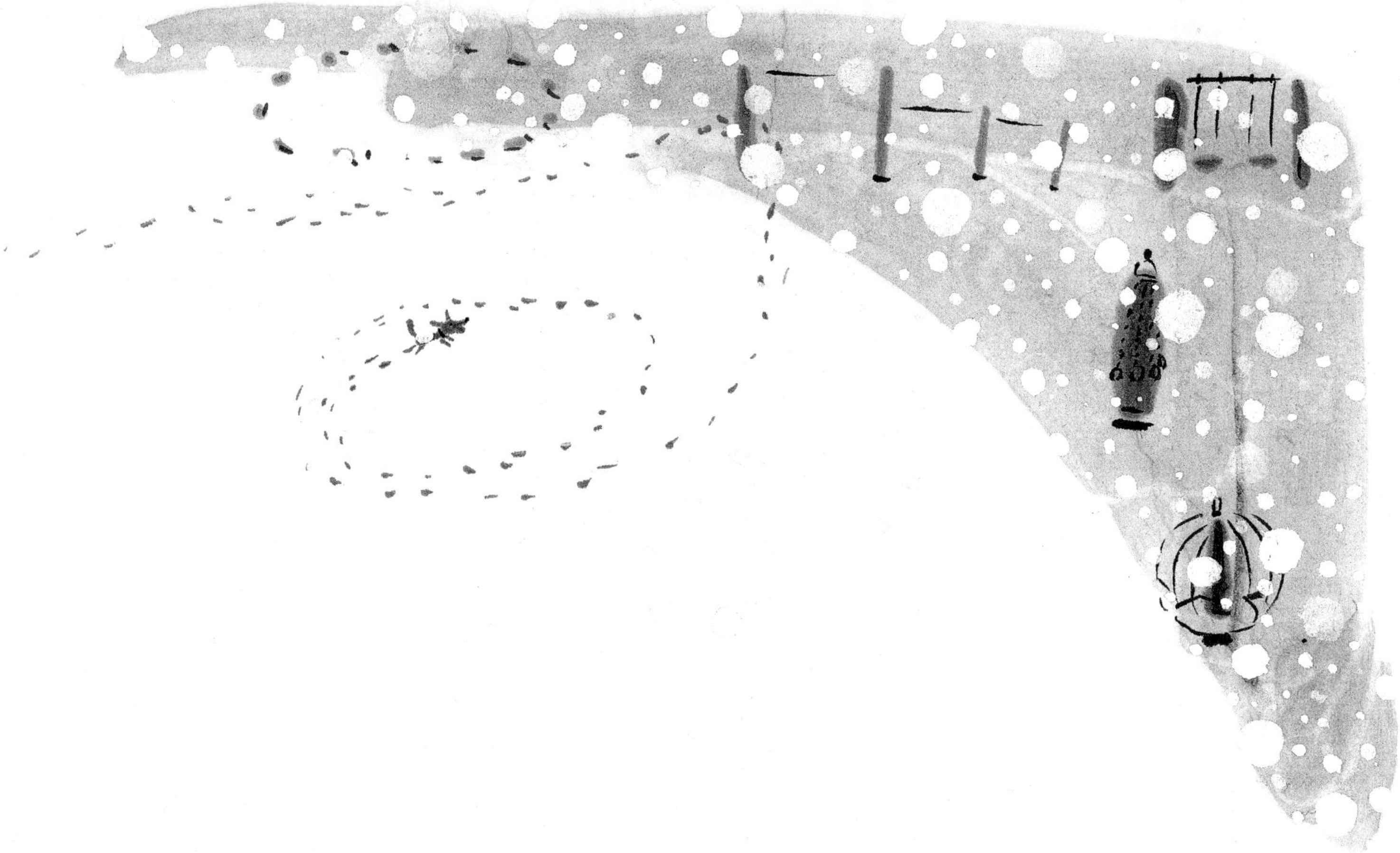

수업이 끝났는지 아무도 없었어.

길을 헤매느라 시간이 한참 지났던 거야.

친구들

그냥 갈 수가 없어

눈이 닿지 않는 창문에

편지를 남겼지.

집으로 돌아가는 길은 멀고…….

한참 후에야 겨우 집에 도착했지.

온몸이 불덩이 같았어.

"혹시 친구들에게 답장이 왔나요?"

엄마는 오래된 앨범을 보여 주셨어요.

'나도 수빈이에게 편지를 써 볼까?'
민지는 연필과 종이를 꺼냈어요.
편지를 받을 친구를 생각하니
슬며시 미소가 지어졌지요.

생각 톡

★ 겨울이 왔어요

기온이 떨어지고 바람이 찬 겨울이 왔어요. 겨울이 되면 날씨가 무척 추워지지요. '동장군'이라 불릴 정도의 혹독한 추위가 찾아오기도 해요. 사람들은 겨울이 오면 두꺼운 외투를 꺼내 입고 털장갑, 목도리, 털모자를 준비하지요. 눈이 많이 오면 눈사람을 만들거나 눈싸움을 하기도 해요.

▲ 여름과 겨울의 옷차림

★겨울철 건강 지키기

겨울에 아팠던 경험이 있나요? 가족 한 명이 감기에 걸렸다가 나중에 가족 모두가 감기에 걸려 고생을 하는 일도 있지요. 겨울철 건강을 지키려면 어떻게 해야 할까요?

▲ 손 씻기

▲ 환기하기

▲ 독감 예방 주사 맞기

- 외출 후에는 꼭 양치를 해야 해요.
- 외출할 때는 목도리, 모자, 장갑 등으로 몸을 따뜻하게 해요.
- 줄넘기나 조깅 등 적당한 운동을 해야 해요.
- 여러 가지 반찬을 골고루 먹어 면역력을 키워야 해요.

★겨울을 준비하기

겨울이 오기 전에 준비할 것들이 많아요. 집 밖에서는 겨울을 어떻게 준비할까요? 가로수 줄기의 아래쪽을 짚으로 감아 주지요. 나무가 얼지 않도록 해 주는 것은 물론, 짚에 모여 겨울을 난 벌레들을 나중에 없애기도 쉬워요. 또 눈이 많이 내렸을 때를 대비한 제설함*을 도로 옆에 놓아요.

***제설함** 쌓인 눈을 치우는 데 필요한 염화 칼슘이나 모래 등을 넣어 두는 곳.

겨울에 필요한 것에는 또 무엇이 있을까요? 겨울에 주로 사용하는 물건들을 떠올려 보세요. 목도리나 장갑처럼 몸을 지키기 위한 물건도 있고, 문풍지나 틈새를 막는 스폰지처럼 바람을 막는 물건도 있지요. 난방 기구나 전기장판도 꺼내지요.

또 겨울 전에 사람들이 함께 모여 김장을 하지요. 겨울을 맞이하여 한꺼번에 김치를 많이 담가 두는 거예요. 겨울에는 채소가 귀하기 때문에, 겨울에도 채소를 먹기 위해 김장을 해요.

★하얀 눈이 내려요

'겨울' 하면 떠오르는 색깔은 하얀색이에요. 눈 내린 풍경이 겨울의 가장 대표적인 모습이기 때문일 거예요. 하늘에 떠 있는 구름은 작은 물방울로 이루어져 있어요. 이 구름이 서로 만나 무거워져 떨어지는 것이 바로 비지요. 날씨가 추운 겨울에는 비가 얼어 눈이 된답니다.

눈을 표현하는 말은 참 많아요. 그해 처음 내리는 눈을 '첫눈', 비와 눈이 함께 섞여 내리는 것을 '진눈깨비', 나뭇가지에 꽃처럼 내려앉은 눈이나 하나씩 떨어지는 눈송이를 '눈꽃'이라고 부르지요. 펑펑 내리는 눈은 '함박눈', 바람과 함께 휘몰아치는 눈은 '눈보라'라고 해요. 눈에 관련된 다른 이름을 더 찾아보세요.

안녕, 겨울아

글 고상한 그림책 연구소 | **그림** 이지연
펴낸날 2022년 2월 15일 개정판 1쇄
펴낸이 김상수 | **기획 · 편집** 이성령, 권정화, 조유진 | **디자인** 문정선, 조은영 | **영업 · 마케팅** 황형석, 임혜은
펴낸곳 루크하우스 | **주소** 서울시 서초구 사임당로 50 해양빌딩 504호 | **전화** 02)468-5057 | **팩스** 02)468-5051
출판등록 2010년 12월 15일 제2010-59호

www.lukhouse.com
cafe.naver.com/lukhouse

ISBN 979-11-5568-502-0 64800
ISBN 979-11-5568-496-2 (세트)

※ 잘못된 책은 구입처에서 바꾸어 드립니다.
※ 값은 뒤표지에 있습니다.

상상의집